文｜**麥克‧巴奈特**（Mac Barnett）

美國童書作家，1982年出生於加州，畢業於波莫納學院。巴奈特創作過多本繪本，還有一系列的兒童冒險小說，曾獲愛倫坡文學獎最佳童書。和雍‧卡拉森合作《神奇的毛線》（小天下）榮獲美國凱迪克銀牌獎、懷特朗讀繪本獎等多項大獎。想更了解巴奈特，請上他的個人網站：https://www.macbarnett.com/

圖｜**伊莎貝爾‧阿瑟諾**（Isabelle Arsenault）

阿瑟諾是加拿大最有成就的童書插畫家之一，其作品曾三次獲得加拿大總督文學獎（Governor General's Literary Awards），《簡愛，狐狸與我》榮獲《紐約時報》年度最佳插畫獎。阿瑟諾的圖像世界滿富詩意、柔美的造型線條，以及其作品中獨樹一幟的魅力，讓她成為魁北克最知名，也最受景仰的插畫家之一。

獻給雷夢娜，惠勒
麥克‧巴奈特

獻給我的創意天才老爸
伊莎貝爾‧阿瑟諾

繪本 0236

寶貝，該睡覺了……

作者｜麥克‧巴奈特 Mac Barnett　繪者｜伊莎貝爾‧阿瑟諾 Isabelle Arsenault　譯者｜游珮芸

責任編輯｜陳毓書　特約編輯｜廖之瑋　美術設計｜蕭雅慧　行銷企劃｜高嘉吟、王俐珽
發行人｜殷允芃　創辦人兼執行長｜何琦瑜　總經理｜王玉鳳
總監｜張文婷　副總監｜黃雅妮　版權專員｜何晨瑋

出版者｜親子天下股份有限公司　地址｜台北市 104 建國北路一段 96 號 11 樓
電話｜（02）2509-2800　傳真｜（02）2509-2462　網址｜www.parenting.com.tw
讀者服務專線｜（02）2662-0332　週一～週五：09:00~17:30
傳真｜（02）2662-6048　客服信箱｜bill@service.cw.com.tw
法律顧問｜瀛睿兩岸暨創新顧問公司
總經銷｜大和圖書有限公司　電話：（02）8990-2588

出版日期｜2019 年 9 月第一版第一次印行

定價｜320 元　書號｜BKKP0236P　ISBN｜978-957-503-388-0（精裝）

訂購服務 ─────────────────────────────
親子天下 Shopping｜shopping.parenting.com.tw
海外‧大量訂購｜parenting@service.cw.com.tw
書香花園｜台北市建國北路二段 6 巷 11 號　電話（02）2506-1635
劃撥帳號｜50331356　親子天下股份有限公司

寶貝，該睡覺了……

文｜麥克·巴奈特
Mac Barnett

圖｜伊莎貝爾·阿瑟諾
Isabelle Arsenault

譯｜游珮芸

為什麼海是藍色的？

每天晚上
當你睡著
的時候。

魚群
拿出了吉他。

唱起悲傷的歌曲，流出藍色的眼淚。

那ㄋㄚˋ，
雨ㄩˇ是ㄕˋ什ㄕㄣˊ麼ㄇㄜ˙？

那是飛魚的眼淚。

為什麼
葉子會變顏色？

秋天的時候，
天氣變冷，

樹就用
葉子點火
來取暖。

所以，到了冬天，葉子就燒光光了。

為什麼鳥會飛到南方去過冬？

去幫樹找
新的葉子啊！

為什麼恐龍都不見了？

好幾百萬年前，
有成千上萬
的小行星，
掉落在地球上。

恐龍們
早就準備好了，
牠們把自己
綁在大氣球上，
飄到太空去。
現在還住在那裡。

什（ㄕㄣˊ）麼（ㄇㄜ˙）是（ㄕˋ）黑（ㄏㄟ）洞（ㄉㄨㄥˋ）啊（ㄚ˙）？

那是恐龍的大嘴巴。

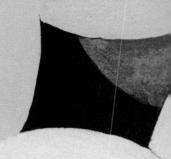

火山是什麼？

要怎樣訓練馬？

沙漠是什麼

什麼是風？

雀斑是什麼？

長毛象有多大隻？

什麼是回音？

金字塔怎麼蓋的？

流沙是什麼？

彩ㄘㄞ虹ㄏㄨㄥ
是ㄕ什ㄕㄣ麼ㄇㄜ？

月ㄩㄝ亮ㄌㄤ
是ㄕ什ㄕㄣ麼ㄇㄜ？

為ㄨㄟ什ㄕㄣ麼ㄇㄜ
我ㄨㄛ們ㄇㄣ會ㄏㄨㄟ
打ㄉㄚ噴ㄆㄣ嚏ㄊㄧ？

蛋ㄉㄢ怎ㄗㄣ麼ㄇㄜ
生ㄕㄥ出ㄔㄨ雞ㄐㄧ？

最ㄗㄨㄟ高ㄍㄠ的ㄉㄜ山ㄕㄢ
有ㄧㄡ多ㄉㄨㄛ高ㄍㄠ？

打ㄉㄚ雷ㄌㄟ
是ㄕ什ㄕㄣ麼ㄇㄜ？

什ㄕㄣ麼ㄇㄜ是ㄕ
閃ㄕㄢ電ㄉㄧㄢ？

該睡覺了。

為什麼一定要睡覺？

因ㄣ為ㄨㄟˊ
有ㄧㄡˇ一ㄧˋ些ㄒㄧㄝ東ㄉㄨㄥ西ㄒㄧ，
只ㄓˇ有ㄧㄡˇ當ㄉㄤ我ㄨㄛˇ們ㄇㄣ
閉ㄅㄧˋ上ㄕㄤˋ眼ㄧㄢˇ睛ㄐㄧㄥ，
才ㄘㄞˊ看ㄎㄢˋ得ㄉㄜ到ㄉㄠˋ。